Niveau 3

Texte de Lili Chartrand
Illustrations de Jessica Lindsay

Le gratte-ciel en caramel

la courte échelle

Les éditions de la courte échelle inc.
160, rue Saint-Viateur Est
Bureau 404
Montréal (Québec) H2T 1A8
www.courteechelle.com

Consultantes en pédagogie : Marélyne Poulin et Marie-Pascale Lévesque

Révision : Sophie Sainte-Marie

Conception graphique : Kuizin Studio

Dépôt légal, 1ᵉ trimestre 2011
Bibliothèque nationale du Québec

La courte échelle reconnaît l'aide financière du gouvernement du Canada par l'entremise du Fonds du livre du Canada pour ses activités d'édition. La courte échelle est aussi inscrite au programme de subvention globale du Conseil des Arts du Canada et reçoit l'appui du gouvernement du Québec par l'intermédiaire de la SODEC.

La courte échelle bénéficie également du Programme de crédit d'impôt pour l'édition de livres — Gestion SODEC — du gouvernement du Québec.

**Catalogage avant publication de Bibliothèque et Archives nationales du Québec
et Bibliothèque et Archives Canada**

Chartrand, Lili

       Le gratte-ciel en caramel

       (Collection Première lecture ; 27)
       Troisième roman de la série Une aventure de Balthazar.
       Pour enfants de 6 ans et plus.

       ISBN 978-2-89651-100-6

       I. Lindsay, Jessica. II. Chartrand, Lili. Aventure de Balthazar. III. Titre. IV. Collection : Collection Première lecture ; 27.

PS8555.H4305G72 2011   jC843'.6   C2010-942010-1
PS9555.H4305G72 2011

Imprimé en Chine

Aux petits superhéros.

À la découverte des personnages

Balthazar

Balthazar est un garçon de huit ans très gourmand. C'est aussi un enfant très gâté. Balthazar vivra à Gouluville des aventures incroyables… à s'en lécher les babines !

Loukoum

Loukoum est un lutin. Il est mal élevé et aime jouer des tours. En plus, il est capable de disparaître à volonté. À Gouluville, il réserve bien des surprises à Balthazar !

À la découverte
de l'histoire

Chapitre 1

La fontaine-bleuet

C'est l'Halloween, la fête préférée de Balthazar. Pour l'occasion, sa maman a fait des bonbons aux fruits. Balthazar en a trop mangé. Son costume de superhéros le serre un peu.

La maman de Balthazar a aussi
préparé une autre friandise pour les
enfants : des pommes au caramel.
Malgré son ventre plein, Balthazar en
croque une.

«Quel délice!» pense-t-il en fermant les yeux. Soudain, il lâche un rot puissant.

Une petite voix s'exclame :

— Quel rot ! Mon rotomètre a bipé et t'a ramené à Gouluville !

Balthazar ouvre les yeux. Loukoum, le lutin du royaume des enfants gourmands, lui sourit.

Balthazar se rappelle que Gouluville s'inspire toujours de sa dernière gourmandise. Cette fois, le garçon est entouré de fontaines en forme de fruits.

Balthazar s'approche d'une fontaine-
bleuet. Elle projette un liquide bleu
glacé. Au contact du sol, les gouttes
bleues se transforment en bonbons qui
brillent au soleil.

« On dirait des saphirs ! » se dit Balthazar. Il en glisse un dans sa poche, puis il en avale trois d'un coup.

Chapitre 2

Une tonne de caramel

Balthazar s'étonne :

— Ces bonbons-saphirs sont si froids ! J'ai l'impression de croquer des cubes de glace !

Loukoum observe alors :

— Le bleu te va vraiment bien !

Balthazar regarde sa peau :
elle est devenue toute bleue !
Loukoum se tord de rire. Balthazar a
beau frotter sa peau, le bleu ne part pas !
Soudain, des bruits éclatent :
prrrrout ! prrrrout !

Balthazar demande :

— D'où viennent ces bruits ? On dirait des pets de géant !

Loukoum répond :

— Ils viennent du verger de l'ogre Cidrelin. Il ronfle dans sa caverne.

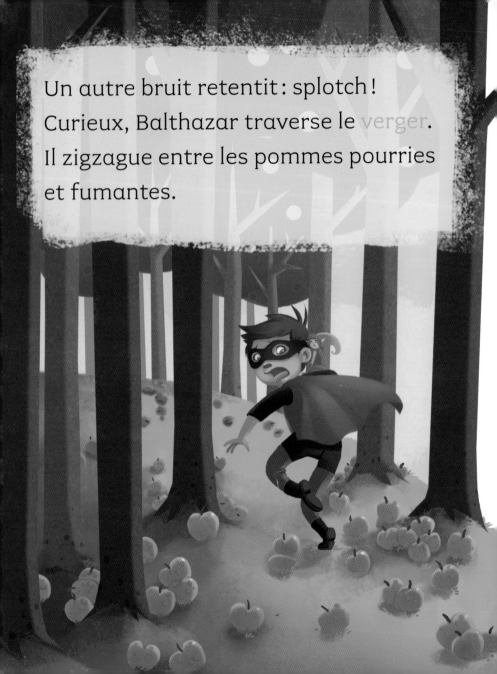

Un autre bruit retentit : splotch !
Curieux, Balthazar traverse le verger.
Il zigzague entre les pommes pourries
et fumantes.

Perché sur l'épaule du garçon, Loukoum remarque :

— Cidrelin adore le jus de pommes pourries, mais il déteste le jus des fontaines. C'est mystérieux, non ?

À l'orée du verger, Balthazar s'arrête.
Splotch ! Une énorme flaque dorée
tombe à ses pieds. Elle provient d'un
gratte-ciel brillant comme un lingot
d'or.

24

Balthazar renifle, puis affirme :

— Ce gratte-ciel est en caramel. Il fond à cause du soleil !

Chapitre 3

La gomme-plume

Balthazar remarque qu'on bouge à l'une des fenêtres.

— Catastrophe! Trois enfants sont coincés dans le gratte-ciel!

Loukoum s'écrie:

— Qu'est-ce que tu attends pour les sauver?

Balthazar réplique :

— Il faudrait que je sache voler !

Loukoum déclare :

— Pour voler, il suffit que tu mâches une gomme-plume.

— Donne-m'en une tout de suite !

Le lutin explique d'abord à Balthazar le mode d'emploi de la gomme-plume :

— Pour voler haut et à vive allure, tu dois mâcher à toute vitesse. Pour te poser, tu n'as qu'à mâcher de moins en moins vite.

Le gratte-ciel continue de fondre. Les enfants appellent à l'aide.

Balthazar constate :

— Si je vole trop près du gratte-ciel, je resterai pris dans le caramel. Comment sauver ces enfants ? Ça y est, j'ai une idée !

Balthazar demande un tuyau d'arrosage
à Loukoum. D'un claquement de doigts,
Loukoum en fait apparaître un.

Balthazar s'empare du tuyau, puis mâche la gomme-plume à toute vitesse.

Chapitre 4

Une collation volante

Balthazar survole le verger. Loukoum se cramponne à son cou. Ils atterrissent à côté de la fontaine-bleuet. Balthazar fixe le tuyau à la fontaine, puis le déroule.

Devant l'air surpris de Loukoum, il précise :

— Le jus glacé durcira le caramel.

Avec un sourire, le lutin réplique :

— Tu es moins bête que je le pensais !

Balthazar reprend son vol. Au-dessus du verger, il est saisi par... un géant ! Loukoum bégaie à l'oreille du garçon :

— C'est... c'est l'ogre Cidrelin ! Moi, je disparais !

D'une grosse voix, l'ogre s'écrie :

— Quelle belle surprise ! Une collation volante !

Balthazar devient bleu pâle. La bouche de l'ogre fume comme un volcan !

Le garçon réfléchit à toute vitesse.
«Cet ogre déteste le jus des fontaines.
Voyons voir à quel point!»

Avec le tuyau, Balthazar envoie du jus de bleuet dans la bouche de l'ogre. Furieux, Cidrelin serre Balthazar dans sa grosse main. Le garçon n'arrive plus à respirer !

L'ogre pousse alors un cri horrible.
D'énormes boutons poussent sur sa
langue, puis sur son visage ! Il lâche
Balthazar et court se réfugier dans sa
caverne.

Chapitre 5

Le superhéros

Aussitôt, Balthazar vole vers le gratte-ciel en caramel. Au même moment, Loukoum réapparaît sur son épaule et le félicite.

Balthazar remarque alors que ses mains ne sont plus bleues ! Le lutin lui murmure à l'oreille :

— Un superhéros tout bleu, ça ne fait pas sérieux !

Balthazar arrive devant le gratte-ciel.
Il l'arrose de jus de bleuet glacé.
Le gratte-ciel en caramel se fige. Les
enfants sont fous de joie !

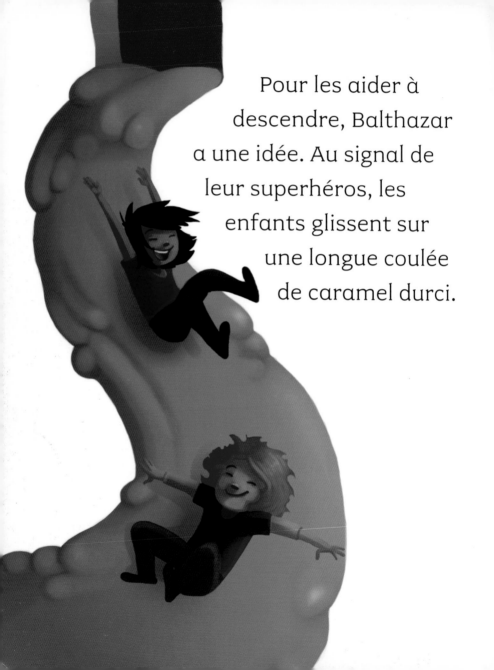

Pour les aider à
descendre, Balthazar
a une idée. Au signal de
leur superhéros, les
enfants glissent sur
une longue coulée
de caramel durci.

Loukoum dit :

— Ça a l'air très amusant ! À ton tour, Balthazar !

Balthazar atterrit sur le sol de sa cuisine. Il met la main dans sa poche et trouve le bonbon-saphir.

— Celui-là, pas question que je le mange ! Un superhéros tout bleu, ça ne fait pas sérieux...

Glossaire

Gratte-ciel : Immeuble très haut à plusieurs étages.

Lingot : Bloc de métal.

Orée : Commencement, début.

Saphir : Pierre précieuse bleue.

Se cramponner : S'accrocher, s'agripper.

Verger : Terrain où il y a plusieurs arbres à fruits.

À la découverte des jeux

Fondre au soleil

Avec l'aide d'un adulte, tente de faire fondre certains produits au soleil. Fondent-ils tous comme le caramel de l'histoire ?

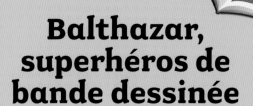

Balthazar,
superhéros de
bande dessinée

Illustre cette nouvelle
aventure de Balthazar sous
forme de bande dessinée.
N'oublie pas les dialogues !

Découvre d'autres activités au
www.courteechelle.com

Table des matières